彩色圖畫小說
內頁彩色印刷

肥阿姨爬山趣

敘述發生在阿肥普普周遭
人物的有趣故事與對話。

小林鈺 著

天啊！靜電！
保持距離！

最新歡樂創作！

The Adventures of Abuyi PuPu: Auntie Fei goes hiking

THE ADVENTURES OF ABUYI PUPU: AUNTIE FEI GOES HIKING The Adventures of Abuyi PuPu: Auntie Fei goes hiking The Adventures of Abuyi PuPu: Auntie Fei goes hiking The Adventures of Abuyi PuPu: Auntie Fei goes hiking *The Adventures of Abuyi PuPu: Auntie Fei goes hiking* **The Adventures of Abuyi PuPu: Auntie Fei goes hiking** The Adventures of Abuyi PuPu: Auntie Fei goes hiking *The Adventures of Abuyi PuPu: Auntie Fei goes hiking* The Adventures of Abuyi PuPu: Auntie Fei goes hiking The Adventures of Abuyi PuPu: Auntie Fei goes hiking ***The Adventures of Abuyi PuPu: Auntie Fei goes hiking*** THE ADVENTURES OF ABUYI PUPU: AUNTIE FEI GOES HIKING **The Adventures of Abuyi PuPu: Auntie Fei goes hiking** THE ADVENTURES OF ABUYI PUPU: AUNTIE FEI GOES HIKING The Adventures of Abuyi PuPu: Auntie Fei goes hiking The Adventures of Abuyi PuPu: Auntie Fei goes hiking *The Adventures of Abuyi PuPu: Auntie Fei goes hiking* *The Adventures of Abuyi PuPu: Auntie Fei goes hiking* The Adventures of Abuyi PuPu: Auntie Fei goes hiking The Adventures of Abuyi PuPu: Auntie Fei goes hiking **THE ADVENTURES OF ABUYI PUPU: AUNTIE FEI GOES HIKING** The Adventures of Abuyi PuPu: Auntie Fei goes hiking The Adventures of Abuyi PuPu: Auntie Fei goes hiking *The Adventures of Abuyi PuPu: Auntie Fei goes hiking* **The Adventures of Abuyi PuPu: Auntie Fei goes hiking** The Adventures of Abuyi PuPu: Auntie Fei

作者序

從小到大，我們和許多同學、師長與親友們一起相處與成長，一起編織了許多有趣及美好的回憶。你我周遭的人有的也互相認識，互有交集，唯獨當時自己沒有注意到周遭發生的共同回憶。彼此間的生活樂趣、長輩們的諄諄教誨，早已都隨著時光流轉了，我們卻來不及表達歡喜、謝意或歉意！

本書人物阿肥、普普、美美、菲菲是同班同學，肥阿姨是個任性又可以開玩笑的年輕長輩，他們周遭的人事物產生了不少有趣的故事與對話，所以大人小孩們一起登上臺面，為大家帶來了精彩有趣及生動的故事。本書文字的部分以對話為主、旁白為輔的方式帶出整本的故事內容，再加以插畫，使故事的效果能呈現更完整更逗趣的場景。

我們都知道，影響一個人最深的是你所遇到的人、所讀過的書，所聽過的話。劇中人或許天真浪漫也或許愚痴頑固；或許談笑風生也或許揶揄嘲弄；或許言之有物也或許無理取鬧，這總是爭論不休的前因後果，人生何嘗不也是如此？讓我們讀此書宛如遇到這些人似的，進一步品味他們互動間的酸甜苦辣。希望劇中人都能為大家帶來正向的影響或啟發，也希望大家都能珍惜周遭的人事物。

阿肥普普與肥阿姨，他們究竟發生了甚麼事情，又要為我們傳遞些甚麼有趣的情節呢？就讓我們一集一集的觀賞吧！

目錄

第三篇　重新打扮

第四篇　開始出發

第五篇　邊走邊聊

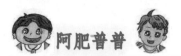

第六篇 香蕉皮效應

第七篇 119 救難

◎人物介紹

同班同學（四年 1 班）

 阿肥 Abuyi	 普普 PuPu
 美美	 菲菲

老師

 阿肥族	 普普族
我的弟弟，小肥  一年級	我的弟弟，小普  一年級
我的叔叔，小胖叔  餐廳老闆	我的叔叔，普叔  警察

美美族

我的妹妹，小美

一年級

我的表哥，帥帥

大四

我的表姊，秀秀

大二

菲菲菲三姊妹

阿菲	菲菲	小菲

六年級	四年級	一年級

特別介紹 - 本集 VIP

菲阿姨(Auntie Fei)，綽號肥阿姨，在此稱--肥阿姨。

菲菲三姊妹
的阿姨
千金小姐

第一篇

參加活動

爬山活動

談老師：這個星期六學校舉辦爬山活動。

談老師：希望大家不要一直在家裡滑手機、打電腦，視力越來越差，大家要踴躍參加爬山，也歡迎大家盡量帶家人或親朋好友來參加；讓更多人一起走出戶外，多看看綠色植物與遠方。這張活動傳單發下去再下課。

下課了。

阿　肥：普普，你會帶誰參加呢?

阿肥　　　普普

普　普：我一定會帶普叔去，因為這六日我爸媽剛好有事要去南部。你呢?你帶小胖叔吧?

小胖叔

阿　肥：對!我爸媽這週六日也沒空，我要找小胖叔一起參加。

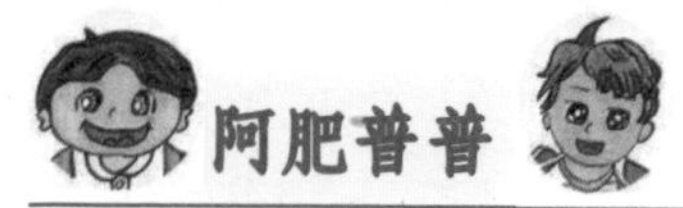

阿肥回家後

週五晚上，由於小胖叔明天會參加阿肥、小肥兄弟倆學校所舉辦的爬山活動，所以今天晚上阿肥

、小肥就近先來小胖叔家睡覺。

睡覺有記憶枕耶!
看我的厲害，呀!坐起來真舒服，好有彈性喔!

小肥：天哪!你這個臭屁天王，竟然坐著我的記憶枕。低級!

阿肥：我起來就好了啊!你上次還不是也坐我的書包。

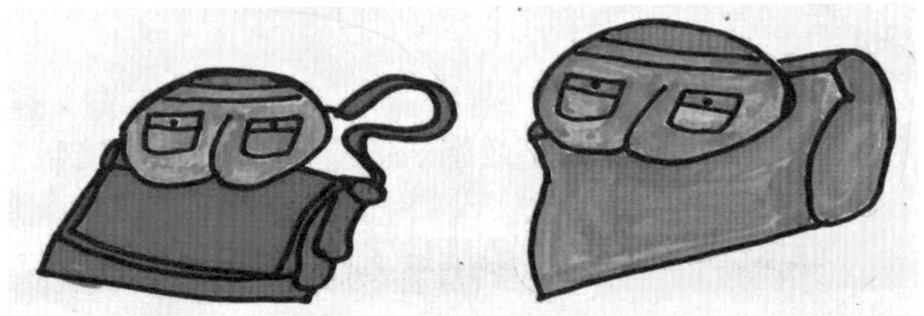

小　肥：我後來已經改進了，而且那是很久以前的事了，想不到你竟然還耿耿於懷。這麼會記恨。

阿　肥：我沒有啦!我只是剛好想到。

小肥：這是記憶枕，被你坐變形了。

阿　肥：哪有那麼嚴重?

小　肥：你看!本來記憶枕上有我睡過的頭形，現在是你的屁股形。真是噁心!而且你還放屁，枕頭都變臭了。

阿　肥：你睡我的好了。我的跟你交換。

小　肥：我不要你的啦!你的更噁心!

小胖叔聽到了阿肥和小肥的對話。

小胖叔:

阿肥!坐枕頭、坐書包都很不雅。要是被奶奶知道,一定會一直被唸個不停的。你們明天要去爬山,趕快去洗澡準備睡覺了。不要再打打鬧鬧。

突然，肥奶奶跑出來大叫，並且準備要訓話。

阿肥!你這孩子真的
太不像話了!

阿肥見狀不妙。趕快跑離開房間，走向浴室，說道：　　我要去洗澡了!

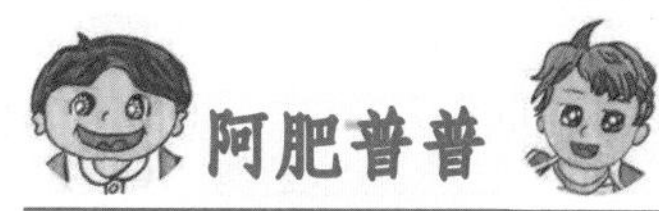

阿菲回家後

同班同學阿菲回家後，打電話給肥阿姨(菲阿姨)。

阿菲：喂!肥阿姨啊!明天是星期六，我們學校有舉辦登山活動，要去哈哈山爬山，教務處有發一張<爬山對人體的好處>給我們。還說歡迎大家帶家人一起來參加。妳要不要跟我們一起去爬山?

肥阿姨：爬山有什麼好處啊?

阿菲』：很多啊!像減肥、對心血管、呼吸都有幫助，還可以呼吸新鮮空氣。

肥阿姨』：好啊!看在減肥和空氣清新的份上，我就勉強參加好了。不然，像我這種 VIP 平常是很難約的。

阿　菲　』：我知道。老師說要盡量穿長褲，以免被蚊子咬或被草割到。

肥阿姨　』：沒問題的，我這個人什麼服裝都有，而且最會遵守約定的。

穿著

美美和小美邀了她們的表哥帥帥與表姊秀秀一起參加。

隔天早上出門前，帥帥對秀秀說 ：

秀秀，妳一早打扮的花枝招展，還穿高跟鞋，是要去爬山嗎?真是太不分場合了!爬山就要穿布鞋啦!趕快去換掉!又不是甚麼花蝴蝶。

才不要哩!這雙新買的高跟鞋 這麼漂亮，我要亮相一下!出門吧! 美美和小美來了。

到達集合的地點了。美美、小美先到了。菲菲菲三姊(阿菲、菲菲、小菲)也已經和肥阿姨到了。

菲菲菲三姊妹

阿菲　　菲菲　　小菲

肥阿姨對秀秀說：

秀秀，妳今天頭髮有上了大捲子，配這副大耳環真漂亮。

秀秀：

謝謝肥阿姨。肥阿姨今天也打扮得很漂亮，戴的寶石又都很搭，珠光寶氣，雍容華貴。全身以白色系為，搭配粉紅色的蕾絲，真像個白雪大女王。

秀秀想的白雪大女王

肥阿姨：謝謝!白雪大女王，讚!聽起來很有霸氣。我最喜歡白色系。尤其我的皮膚這麼的白，穿上白色又搭。白色代表純潔，這就代表我擁有一顆純潔的心。

肥阿姨想的白雪大女王

普普：什麼是白雪大女王?甚麼時候有這號人物?聽起來俗又有力。

阿肥：

肥阿姨只是皮膚白又穿白色的而已，連這種名稱也講得出來。我想白雪大女王應該是雪人堆一堆吧!就是大雪人。

秀秀：

像個白雪大女王，是從氣質和穿著上，凸顯出她那高貴又無與倫比的氣質。你看肥阿姨雍容華貴又有氣質，叫作白雪大女王，名符其實，合情合理，實不為過。

肥阿姨：對啊!還是秀秀最有眼光。我們兩個真是一個高貴典雅，一個青春洋溢。

阿肥：兩位真是盛裝打扮，熱情奔放。不過，秀秀姊的臉怎麼變黑了?

秀秀：這你們就有所不知了。我臉上塗滿了這個是防曬油。

自拍器

帥帥：秀秀姊的打扮，看起來充滿了野性的狂野。

秀　秀：什麼是野性?

帥 帥：就是讓人家管不動的樣子，而且爬山還穿高跟鞋爬山，真是野蠻啊!

秀　秀：真是太愛碎碎念了。

肥阿姨：來，我們來拍照吧!

秀　秀：好啊!這裡背景不錯。

肥阿姨：這裡可以多拍幾張。

秀　秀：看我的自拍器。

阿　肥：哇! 好酷喔!哪像我上次和普普合照，竟然還要用畚斗拍照!

普普：上次拍的大家反而誇好看啊!

怎麼可能？
把手機黏在畚斗上
要怎麼按拍照？

普叔

普普：我選的功能是錄影。

普　叔：原來如此。

肥阿姨：這自拍器有哪些功能?

阿　肥：哇!還附有小電扇和遙控。

秀秀：對啊!頭髮迎風飄逸，美吧!還可以遙控。來!肥阿姨試試看。

突然颳起一陣大風，往肥阿姨的正面吹來。肥阿姨沒有注意到，以為是小風扇的強度。喀擦!

肥阿姨：嗯!我看!

肥阿姨：天哪!頭髮被小風扇吹開後，整個臉變大片。我還是用我自己的相機就好了。

小菲：拍起來好像白雪壞巫婆喔!

秀秀：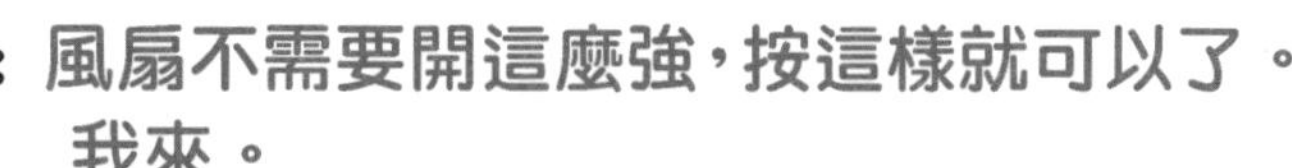風扇不需要開這麼強，按這樣就可以了。我來。

突然又颳起一陣大風，往秀秀的背面吹來。

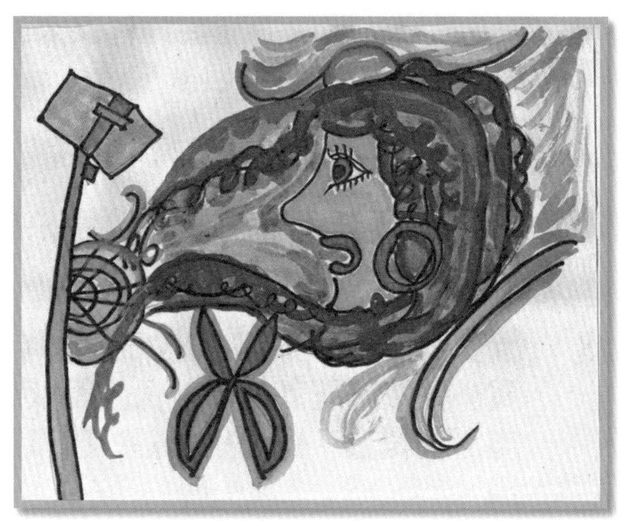

秀　秀：啊!好痛啊!卡到頭髮了。一大把卡在裡面，怎麼辦?

帥帥：那是一小把啦!講的這麼誇張。又不是工業風扇。妳先盡量把它鬆開，如果打結的沒有辦法，只能用剪刀剪掉。

秀　秀：嗚!太可惜了。

遮身材

在一旁的小胖叔看到了，湊過來聊天。

小胖叔：哇!肥阿姨一身珠光寶氣，閃閃發光。但是天氣這麼好，爬山哪需要穿什麼大外套，容易中暑啦!把大外套拿回家放吧!

肥阿姨：拜託!這大外套是要用來掩飾身材的。You know!

小胖叔：什麼?!遮身材!原來如此。胖就胖，要面對現實，設法減肥就好了。像肥阿姨是因為胖，肉層層堆疊，像漢堡一般，所以要包更多衣服。

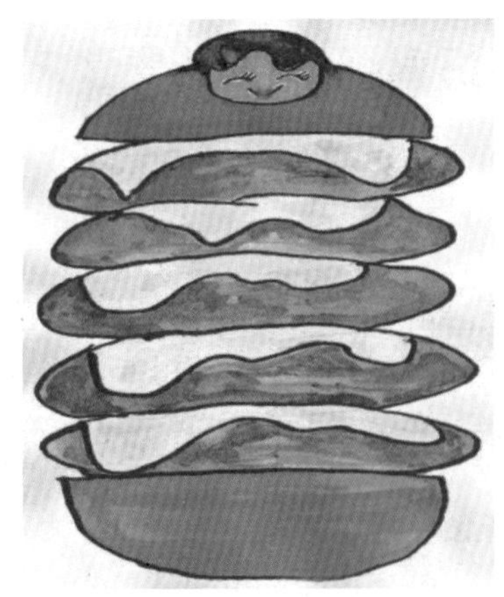

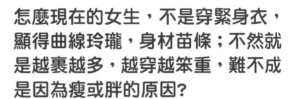

普叔：怎麼現在的女生，不是穿緊身衣，顯得曲線玲瓏，身材苗條；不然就是越裹越多，越穿越笨重，難不成是因為瘦或胖的原因?

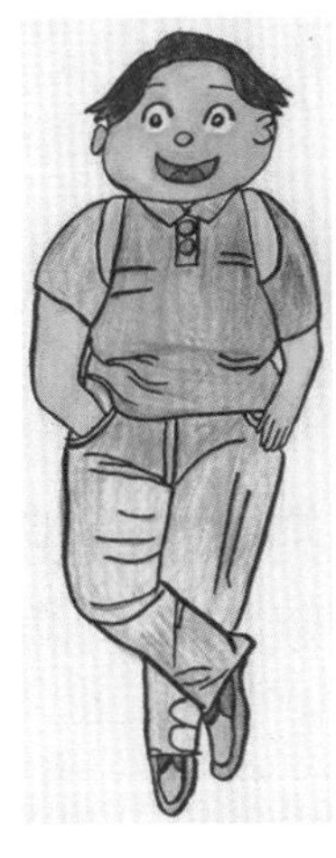

這樣包，根本是鴕鳥心態，而且會惡性循環。以為衣服包厚一點就不胖，其實永遠都不會變瘦的。

穿外套就穿外套，好歹就穿個薄外套就好了。怕肥竟然還穿白色的，而且還厚外套，極具膨脹的視覺效果，這樣只有越看越胖。像我就愛穿深藍色的，這樣看起來也顯得比較瘦。

肥阿姨：哪有!我看小胖叔你還是一樣肥肥的啊!可改名為大胖叔。根本一點都沒有變瘦還批評我，你也需要遮身材啦!

千層糕?洋蔥式?

不要靠千層糕的穿法來遮身材。像這種千層糕一樣的穿法是最糟糕的，絕對會中暑。

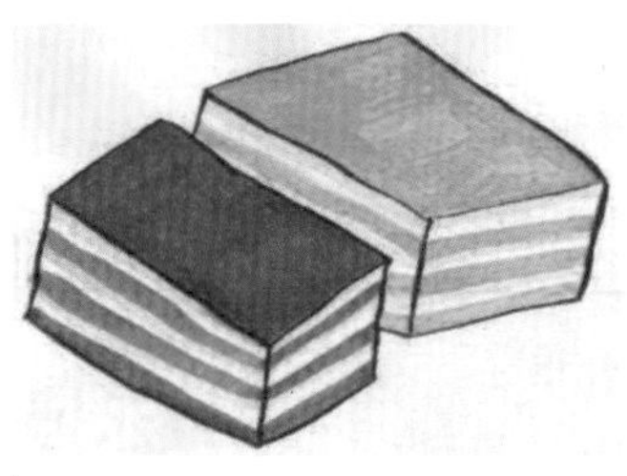

肥阿姨：我這是洋蔥式的穿法。

小胖叔：你這不是洋蔥式的穿法。因為你的外套連扣都扣不起來，而且你熱的時候也不打算脫下一件，而是為了要遮身材。

肥阿姨：我已經勉為其難地說出遮身材這三個字了。你就不要一直強調這三個字和在這三個字打轉了好嗎?

小胖叔：原來是遮身材啊!也算是遮羞嘛!

肥阿姨：甚麼遮羞!越說越過份!

哼!你不要管我!

益友?損友?

益友：

友直

友諒

友多聞

損友：

友(ㄧㄡˇ) 便(ㄆㄧㄢˊ) 辟(ㄆㄧˋ)

友 善 柔

友(ㄧㄡˇ) 便(ㄆㄧㄢˊ) 佞(ㄋㄧㄥˋ)

小胖叔：來爬爬山，多接近大自然，順便和我們這些良師益友討教討教就對了嘛！我們是友直、友諒、友多聞。

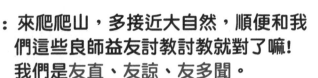

小普

小胖叔：不，是正直、誠實、見多識廣，像我一樣。

肥阿姨：可惡!噁心!你們這些不是益友。孔子說的話我也有背過好嗎?!我看你們根本就是損友，

是友便ㄆㄧㄢˊ辟ㄆㄧˋ、友善柔、友便ㄆㄧㄢˊ佞ㄋㄧㄥˋ。

亂說!天地良心。我看妳直接裹一條家裡的棉被包著就好了啊!既能遮身材，又不必穿那麼多件。

普叔：

遮身材啊?天氣這麼熱，我教妳一個最簡單的方法，直接紙箱剪一剪，套上去就好了，如果需要通風，可以打幾個孔，既能透風又能遮身材。

肥阿姨：You all shut up! 太故意了!哼!太可惡了。

小胖叔：到時候中暑妳就知道!

肥阿姨：烏鴉嘴。

小普：剛才肥阿姨說什麼?
孔子怎麼說不可以跟
會大便、放屁、有扇子，又便
秘的作朋友，還說那是損友?

當然不是這個意思。

友便(ㄆㄧㄢˊ)辟(ㄆㄧˋ)、友善柔、友便(ㄆㄧㄢˊ)佞(ㄋㄧㄥˋ)

是孔子所說的損友沒錯。
但這是指朋友如果裝腔作勢、虛有其表、刻意討好別人、迎合他人、面善色柔、恭維奉承、阿諛諂媚、巧言善辯、花言巧語，就是損友。

普叔

小胖叔：我們都沒有這些缺點。我們是友直、友諒、友多聞，所以我們是難能可貴的益友。

阿肥、普普在一旁竊竊私語著。

普　普：秀秀姊戴那麼誇張的大耳環，又不是要參加什麼晚宴。真的是很搞不清楚場合。

阿肥：對啊!她們這樣顯得很俗氣。搞什麼啊!這是爬山…爬山耶!還說什麼肥阿姨像白雪大女王。白雪大女王是那麼臃腫?又不是棉花糖或橡皮人。我都快吐了!有沒有搞錯啊!

普普：可能秀秀姊隨便說說，拍馬屁。

阿　肥：白雪大女王?!什麼時候有這號人物了?天氣這麼好，爬山哪需要穿什麼大外套，又不是冰天雪地的，而且竟然還白色的，簡直就像隻北極熊。

全球暖化前

現在

現在全球暖化，北極熊
都瘦身了。還有你看，
肥阿姨那兩坨黑眼
圈，向黑輪一樣，根本
就貓熊一隻。

第二篇

到達現場

虎咬豬，刈包

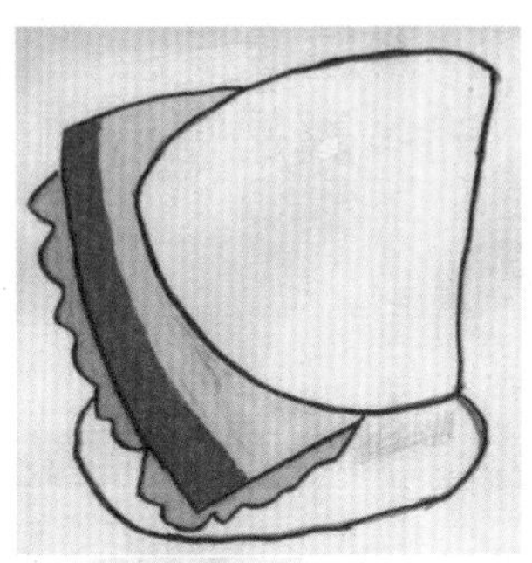

阿肥：肥阿姨根本就不需要穿外套，那白色的大外套我看好像是白色掛包一顆。那外套還有一些粉紅色的蕾絲，像極了掛包裡的甜辣醬。

普普：我看是像掛包裡面的肥豬肉，油膩膩的，真是噁心。

小肥

我要吃掛包！
虎咬豬~虎咬豬~

什麼虎咬豬？那是什麼？

就是掛包啊!掛包像不像老虎的嘴巴咬著一塊豬肉?

普普：原來如此。我只知道掛包又叫做割包和台式漢堡。剛才在路上有看到招牌，

那個字到底是念掛還是念割?

阿　肥：老師們來了。我們去聽看看談老師怎麼說吧!

那是「一丶」包。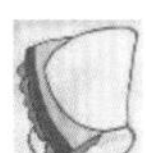

刈（一丶）這個字當名詞是割草的鐮刀， 當動詞是「割」的意思。所以國語發音應該是「一丶」包。「ㄍㄨㄚ丶」包的念法，是「割包」的閩南語發音。

在尾牙時吃「虎咬豬」，象徵把一整年所有不好的全部都吃掉，迎接順利的未來。

簽到 & 領點心、飲料

談老師：大家早安。非常歡迎大家都來響應這個活動，百忙中撥冗而至。看來我們這一組的人都到齊了。出發前請來簽到和到藍老師那裏領點心和飲料喔!

小胖叔和普叔正在聊天。

普　叔：我希望爬山讓我的肌肉更結實，骨骼更有力，也更有體力，所以今天就來湊個熱鬧。

小胖叔：對!這很重要。我希望來山上多吸收一些氧氣，讓我白天有精神；爬累了，晚上自然就能好睡，所以我也來參一咖。

普　叔：哈哈!難怪!

藍老師加入聊天。

藍老師：普隆公今天怎麼沒有來？

	我老爸普隆公因年老體質衰弱，平常又都沒在鍛鍊，怕會加重心臟負荷，所以不敢出來爬山。 
普叔：	我媽媽，也就是普普奶奶假日都要去精舍參加共修。所以他們兩個老的都沒有來。

電磁波遇到紫菜、海藻、魚腥草

藍老師：也對。如果平常不常爬山，突然跟著年輕人這樣爬，怕太劇烈反而還會誘發一些疾病。

普　叔：普普他爸媽今天還要上班，我剛好有空又愛運動，所以就來參加。而普普在家裡滑太多手機了，所以他爸媽叫我一定要來督導和監視。

小胖叔：阿肥也是，他的手機還被他爸爸保管中。

手機真的不要常玩，有電磁波。沒什麼事就盡量關機。我們學校有老師對電磁波過敏的，他們說吃紫菜、海藻類的食物可以獲得舒緩。

小胖叔：真的!這麼好用啊!?我最近也很怕電磁波，覺得簡直有電磁波過敏症似的。我回去也要來試試看。

藍老師：吃紫菜、海藻類的食物算是保養用。如果真的嚴重或有病的話，還是要看醫生，因為表示已經發炎或筋絡不通順了。也有老師又嘗試中藥材與針灸，也都不錯。

普叔：對了，魚腥草很讚喔!有很強的抗菌、抗病毒、利尿的作用，清熱解毒、降血壓，增強免疫力、治紅腫熱痛、還可以治很多病，像肺炎、抗腫瘤等，所以被稱為天然的抗生素。

談老師：魚腥草我知道，《本草綱目》和《神農本草經》等都有提到。大家不妨多查一下魚腥草，有很多不可思議的妙效喔!

小胖叔：難怪我常聽普隆公在誇魚腥草，上次我也有聽到普奶奶說可以用來生吃或煮料理。原來魚腥草這麼好用啊!

普叔：

生吃一定要洗的很乾淨。據說以前美軍在日本廣島投下原子彈，大批人數因放射病而死傷，當時廣島人服用最多且療效最好的草藥就是魚腥草，有 11 人因服用它而健康地活了下來。

藍老師：有這種好康的一定要讓大家知道。這些

食補可以吃，不過有病還是要看醫生，

讓醫生診斷，真正的藥是要去醫院找醫生開。因為這些食療用的量多寡也不客觀，有些需要複方，不是單方，要怎麼搭配

我們也不是專業。所以不可以單靠食療治病。而且很多真正的藥是在藥材中濃縮

提煉的。要找醫生開，對症下藥。

小胖叔：真的也!以免假會誤判而延誤治療。

藍老師：這樣怕小病會拖成大病。

靠藥補還不如平日的食補，
靠食補還不如平日運動補。
預防勝於治療。平日要多小心留意。

藍老師：對。長期鍛鍊身體，循序漸進的養成運動的習慣很重要。

爬山要穿布鞋

這時，藍老師發現秀秀竟然穿著高跟鞋。

藍老師：啊!爬山要穿布鞋才好爬喔!有沒有帶布鞋來?

秀秀嘟著嘴說：沒差啦!我要穿高跟鞋爬。

帥帥：這愛美的秀秀，最愛穿高跟鞋

了。妳還是趕快回去換掉吧!

小胖叔：穿高跟鞋腳容易扭到，更何況爬山。

普叔：穿高跟鞋容易靜脈曲張，不要以為現在沒問題，到老就會問題一大堆。

小胖叔：對啊!而且穿高跟鞋還容易有背痛、大腿變粗、拇指外翻等不良後果，還會蘿蔔腿呢!

普叔：容易腳扭到、腳抽筋、腳絆倒……

小朋友們在一旁也都在討論著。

阿肥：天哪!秀秀姊真是愛漂亮，爬山穿什麼高跟鞋啊!

普普：對啊! 愛美愛美流鼻水(台語)。

秀秀：高跟鞋跟流鼻水又沒有關係，我又不是穿比基尼。莫名其妙。

大家你一言，我一語的。

帥帥：秀秀，你可真是不分場合啊!要換布鞋啦!趕快回去換掉!

秀秀竟然惱羞成怒地說：哼!我高興。

帥　帥：壞習慣。

香水

肥阿姨：秀秀，不要理他們，來這裡吧!

秀　秀：對啊!我也懶得理他們。

突然，秀秀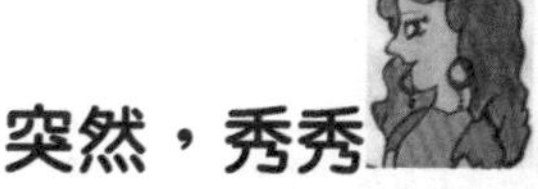聞到肥阿姨噴香水的味道。

秀　秀：肥阿姨噴的香水好香喔!

我今天噴的不多。秀秀的嗅覺真好，果然是秀秀(嗅嗅)。我是用這瓶『肥姨牌』的香水。

秀秀：真的好香喔!有種百花的絕世香味。

肥阿姨：我今天早上有噴一些，再多噴一些好了。

突然，肥阿姨將香水噴灑在空氣中，整個人再走過去讓香水輕柔的佈滿全身。

秀秀：哇!好香喔!太酷了。

肥阿姨：來!秀秀，妳要不要試試看?

秀　秀：好啊!我看一下這瓶香水。

蜜蜂

突然，嗡~嗡~嗡~

菲菲菲三姊妹大叫 ：啊!有蜜蜂!

肥阿姨 ：這隻蜜蜂怎麼一直要叮我似的?

阿菲 & 菲菲 ：在這裡! 這裡!

小菲 ：又飛到這裡了!

肥阿姨 ：救命啊!

藍老師：不要去碰蜜蜂或招惹蜜蜂，

蜜蜂螫人是要送醫打針的。現在這隻

蜜蜂會一直在肥阿姨身邊打轉，

也有可能會螫肥阿姨。肥阿姨最好先回去換

裝一下，因為肥阿姨身上有香水的味道。

肥阿姨：好!好!等我一下，我很快就換好裝。
阿菲，陪肥阿姨一起去換。

阿菲：好。

藍老師：沒關係。時間還夠!不用緊張。

小胖叔：山上空氣清新還噴什麼香水?應該是
來爬山呼吸自然的新鮮空氣才對啊!

普叔：有可能她汗臭味太重，想要靠香水遮蓋吧！

小胖叔：噁！這樣反而會更臭。這種味道最噁心了。真是暈倒！

香水有味道，不要噴香水，不然會招蜂引蝶。蜜蜂會一直在身邊打轉，又不能打牠，不然牠會攻擊人。

美美：為什麼蜜蜂螫了人後，就會死呢？

因為蜜蜂這根用來螫敵人的刺針雖然長在腹部末端，卻與內臟相連，所以只要叮在動物身上，針就會附著在動物身上，內臟也會一起留在動物身上！

美美：蜜蜂會集體螫人?

對，如果有人要打一隻蜜蜂，牠們就會把那個人視為公敵，成群結隊團結一致的去痛擊那個敵人，所以有集體螫人的情況。千萬不要去招惹蜜蜂。惹到了一隻，可是等同惹了全部啊!

小美：其實蜜蜂算是人類的好朋友。我最喜歡吃蜂蜜了。

藍老師：對啊!蜜蜂會採食花粉和花蜜並釀造蜂蜜，幫助許多農作物授粉，使人類有豐富的蔬果可以吃。蜜蜂對農業真的很重要。

談老師：這讓我想到一首詩，是唐代詩人羅隱的詩〈蜂〉，讓大家欣賞一下。

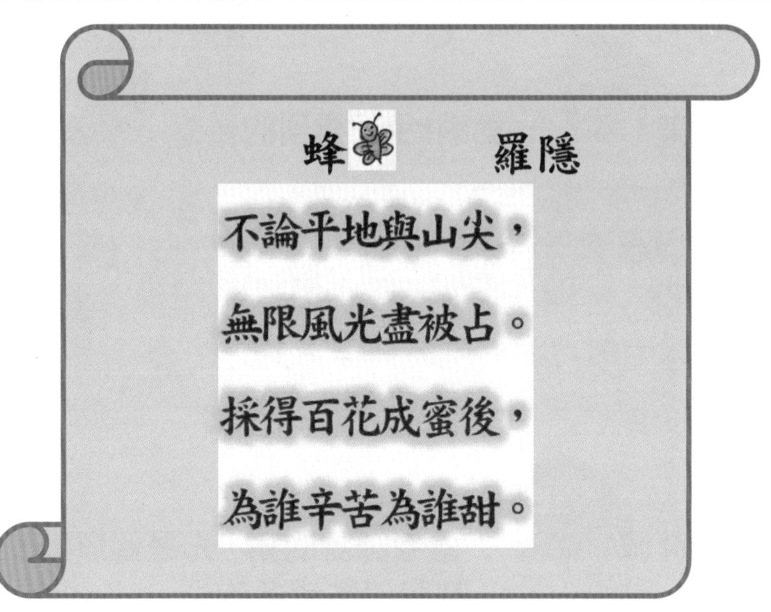

蜂　羅隱
不論平地與山尖，
無限風光盡被占。
採得百花成蜜後，
為誰辛苦為誰甜。

普叔：差這麼多。在唐朝是無限風光盡被蜜蜂占了？表示蜜蜂那時候很多，現在蜜蜂哪有那麼多啊！

小胖叔：當時是農業社會時代，環境不一樣，走到哪裡都是花草樹木。現在都是高樓大廈和很多建築物了。

美美：對啊!今天看到的蜜蜂沒幾隻呢!

因為現在像農藥中毒、氣候暖化、電磁波干擾…等，都會影響生態，也會使蜜蜂消失喔!

小胖叔：藍老師說的對，光是個農藥，蜜蜂就會消失超多的。

小美：啊!好可惜喔!蜜蜂怎麼可以消失!我最愛喝的蜂蜜千萬不可以消失啊!

阿肥：那就只好喝用香料調出來的蜂蜜了。

美美：阿肥不可以亂教!喝香料調的會傷害身體。要喝天然的最好。

第三篇

重新打扮

重新打扮

阿非：啊!肥阿姨，你穿布鞋穿得好好的，為什麼要改穿高跟鞋？

肥阿姨：妳看，這些臭男生都反對秀秀穿高跟鞋，我就偏來跟他們唱個反調。

肥阿姨換好來了，也引起大家一陣騷動。

肥阿姨：看吧!我長得驚為天人。

小胖叔：天哪!自誇驚為天人?用錯吧!一般是指才貌卓絕使人驚嘆。這只算是別開生面、獨樹一幟。

肥阿姨：我沒用錯。我本來就才貌卓絕使人驚嘆。既然你有所不知，又缺乏慧眼。我也沒辦法囉!

秀秀：肥阿姨說的沒錯。本人深表贊同，我們精心打扮是代表我們對活動的重視與尊重。

普叔**：這樣啊!兩位環肥燕瘦真是辛苦了!**

小胖叔 ：噁!兩位太自戀。

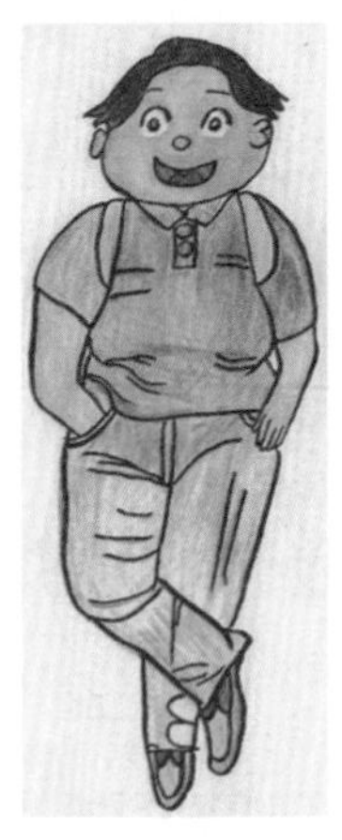

肥阿姨變得濃妝豔抹的，簡直就是新版的國劇臉譜。

看起來也很像小丑。

這打扮讓我聯想到印地安人。

我還是覺得肥阿姨打扮得像貓熊。

肥阿姨：哪有這麼嚴重，我只是粉擦更白，把黑眼圈修掉。你們真的是一丘之貉ㄏㄜˊ。

小胖叔：妳不是只有臉部化妝，妳還改穿超級大件的貂皮大衣。

普　叔：不只，我發現肥阿姨整個人也長高了不少。一定有穿恨天高。

肥阿姨：甚麼恨天高。我換了一雙高跟鞋。

出門如見大賓

普叔：天哪!肥阿姨不但回去濃妝豔抹一番，竟然還回去換了一雙高跟鞋?這樣要怎麼爬山?真是來亂的，不但把大家的話當耳邊風，而且還變本加厲。

小胖叔：我看肥阿姨是原形畢露。

肥阿姨：這是小事好嗎!不需要如此大驚小怪!

肥阿姨：孔子有說過，『出門如見大賓。』

肥阿姨：不。是賓客的賓。不是阿兵哥的兵。

想的大賓是格列佛遊記裡的巨人

出門如見大賓
所想的

上圖人物介紹 ： 由左至右為普叔丫環，肥阿姨嬪妃，小胖叔婢女，皇上。

出門要像去見 VIP 級的大貴賓般的尊重對方，這就是為什麼我們要穿得既漂亮又有禮貌。我們穿這樣是代表我們有文化、懂禮貌又有教養，知書達禮又融會貫通。

VIP：非常重要的人物，

Very Important Person

秀秀：對啊!真的說得太好了。

肥阿姨：出門如見大賓，這一段阿菲會背。來!阿菲背一遍。

出門如見大賓，
使民如承大祭。
己所不欲，
勿施於人。
在邦無怨，
在家無怨。

小美：阿菲姊好有學問喔!

秀　秀：背得真好!阿菲最棒了!

阿　菲：謝謝秀秀姊和小美的誇獎。

普叔：那是仲弓問孔子，怎樣做才是仁。

肥阿姨：沒錯，我們穿這樣代表我們有做到仁。

普　叔：什麼跟什麼嘛!亂扯! 亂穿，穿得不合時宜叫做有仁?才怪!

愛吃雞毛人?

普　叔：

真是硬坳。妳穿得太超過了，而且氣候與場合都錯。這裡不是北極，不需要穿貂皮大衣；這裡也不是伸展台，不需要穿高跟鞋。妳根本就把大家都當作愛斯基摩人和伸展台下的觀眾。

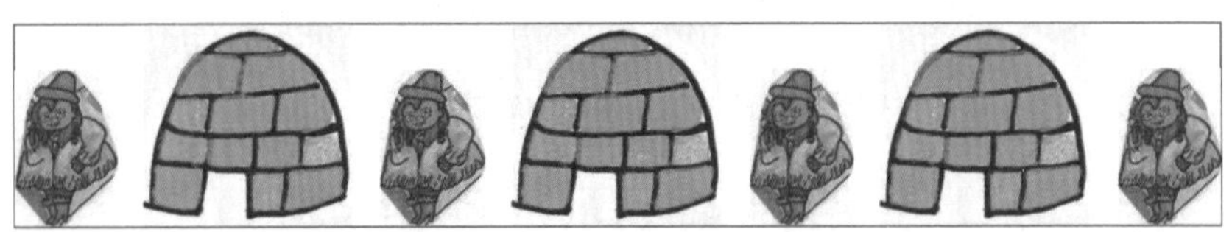

為甚麼說不要把大家當作愛吃雞毛人?雞毛又不能吃啊!

不。我指的是愛斯基摩人，他們是生活在北極圈的人，冰天雪地喔!

因紐特人

不要再稱他們為愛斯基摩人了。他們並不喜歡被稱作愛斯基摩人。

普　普：為什麼呢?

因為愛斯基摩人是印第安人稱他們的，是指「吃生肉的人」，充滿嘲笑與歧視；因紐特人的意思則是指「真正的人」。

小普：他們吃生肉?

普　叔：對。他們雖會用火，也吃熟食，但吃生食為多。以海豹肉和魚肉為主，而且生食。

普　普：沒有蔬菜水果?

普　叔：當然沒有。他們幾乎一生不吃綠色食品，因為生活環境所迫，他們生活的地域，根本沒辦法種植蔬菜水果，但平均壽命卻高達 80 歲！平均身高是 154 公分。

普普：只有 154 公分?

普叔：對。而且他們是黃種人喔!是蒙古人種，屬於蒙古人的後代。

普　普：哇~ 我記得有冰屋這種房子，這是他們住的房子嗎?

普　叔：對。他們把冰屋作為在漫長嚴冬中狩獵的臨時住所。

普普：哇!真是不簡單。

小胖叔：其實現在因紐特人過這種古老傳統生活的已經是極少數了。隨著時代進步，很多都已經搭機動船或摩托車，而不是皮划艇或雪橇了。甚至有的跑到城市裡工作了。

普　普：原來如此。真是個寒冷的地方!

阿肥：我記得蒙古人是住蒙古包。還可以移動呢!

普叔：對。蒙古包在遊牧民族中很常見。

要節能減碳

肥阿姨：我穿貂皮大衣又有什麼關係?反正大熱天我也這樣穿，平常開冷氣就好啊!

普叔：浪費電又浪費錢，不智之舉。要節能減碳。

肥阿姨：哼!老娘有的是錢。我冷氣都是開最強的。

小胖叔：夏天穿貂皮大衣吹冷氣!肥阿姨是拿鈔票和大自然抗衡，看誰贏!

阿肥：一定是肥阿姨贏。肥阿姨可以吹冷氣，也可以穿貂皮大衣啊!

普叔：肥阿姨這樣加劇全球暖化，原來北極熊因妳而消失。

天哪!原來北極熊都是被肥阿姨害死的。

肥阿姨：竟然全都推到我一人身上，你們也都

有吹冷氣好嗎!

普叔：沒錯，但是妳不分春夏秋冬穿那麼多，冷氣又開最強，相較之下有較大的責任。

肥阿姨：那麼你就都不要吹冷氣啊!

普　叔：我們沒有像妳穿的那麼多，而且都會節制冷氣。

夾腳拖

肥阿姨：節制?我看你是矯枉過正，節制到腳也要少穿了?人家說女人看男人，是從腳看到頭。你自己貪涼穿個夾腳拖，要怎麼爬山?!還在這裡大呼小叫的，真是煞風景。

普叔：我只是先載普普和小普來。我的布鞋在車上，我馬上去換。

普叔暫時離開。

肥阿姨：你看，都不會自動自發，還要人家提醒，真是一個口令一個動作的。

男人看女人

阿菲：

肥阿姨，妳剛才說
「女人看男人，從腳看到頭。」
那男人看女人呢?

肥阿姨：剛好相反。男人看女人，是從頭看到腳。

阿　菲：這不一樣是怎麼回事呢?

肥阿姨：像我有這麼漂亮的臉蛋，就是男人心目中所嚮往的女神首選啊!

(圖片說明:肥阿姨維納斯夢)

維納斯(拉丁語:Venus)是羅馬神話裡的愛神、美神。

肥阿姨：再看到腳，連鞋子也超級的高貴典雅，所向匹敵，無與倫比。

阿菲：真的!

女人看男人

肥阿姨： 女人看男人，從腳看到頭。所以呢?像普叔穿夾腳拖跟著大團體來爬山，實在無法登大雅之堂。若有人說他家財萬貫又有品味，我可不信呢!

(上圖踢踏舞團人物為小胖叔，帥帥，普叔，藍老師所飾。)

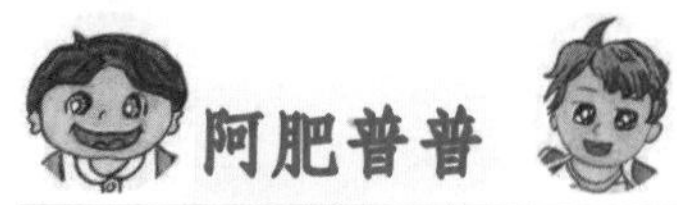

這樣啊!可是男人看女人，從頭看到腳，那身體呢?

肥阿姨：身體嘛!這就是為什麼我穿貂皮大衣來遮身材。

似是而非。歪理一大堆。

從頭看到腳，是指如果臉長的很抱歉的話，就不再看下去了；再看身材如果不好，也不必再看下去了。怎麼可能身材不好還看腳。

所以肥阿姨說的那一套只是某些人的看法。

有的人注重整體，有的人注重內在涵養，所以不能以偏概全。肥阿姨以偏概全。

肥阿姨：才怪。

有句話叫作醜醜的也有思相枝。就是長的不好看的人也會有對象啊!

對。Every Jack has his Jill.

肥阿姨 ：哼!不見得。

為什麼女人看男人要從腳看到頭?

肥阿姨:

像普叔只有能力穿個夾腳拖，如果要娶我，當我的長期飯票，是養不起我這個鼎鼎大名的白雪大女王的。

阿　菲 ：對!真的!

格格 blue

肥阿姨：像普叔這樣不入流的庸俗之輩，整個氣質、水準和格調都和我格格不入。又那麼寒酸，很有可能會把我的鞋子拿去當掉。

阿菲：喔!原來如此。

小胖叔：肥阿姨竟然趁普叔不在場，亂舉例一通的，風馬牛不相及，還詆毀普叔。又不是什麼兩性專家，只是自己的一孔之見。

阿肥：她說甚麼格格 blue(憂鬱,藍色)，甚麼是格格 blue 啊?

小胖叔：就是當格格的人有時會憂鬱。

帥帥：小胖叔在開玩笑啦!肥阿姨說的是格格不入，不是格格 blue。格格不入是形容彼

此不協調，不相容。

阿肥：原來如此。格格是什麼意思呢？

帥帥：格格是阻礙，隔閡的意思。

阿肥：小胖叔怎麼說當格格的人有時會憂鬱呢？請問小胖叔說的格格是什麼呢？

小胖叔：抱歉，我剛才是開玩笑的。不過格格確實另外有別的意思。

格格是清朝貴族中未出嫁的女子，身分地位比較高，公主之類的。

阿肥：喔!原來如此，所以肥阿姨是格格，她憂鬱，應有憂鬱症。所以這是格格 blue。

小胖叔：哈哈!肥阿姨說普叔格格不入，馬上說有人說是她自己，變成她自己格格 blue(憂鬱)了。

她憂鬱? 我看她是躁鬱吧! 嘰哩呱啦的抱怨不停，還講了普叔一大堆壞話。

甚麼格格，我看還怨婦呢!

小胖叔：哈哈!小聲一點，別被肥阿姨聽到。

普叔把鞋子換好

普叔：我來了。

小胖叔：換得真快。

普　叔：肥阿姨已經那麼笨重了，竟然又像湯圓一樣，裹得更圓更大顆；穿得更笨重。我看那高跟鞋一定會被她踹斷的。

小胖叔：不必踹，那麼肥，光站在上面就壓斷了。

普叔：肥阿姨真的是來亂的。大家已經都說穿高跟鞋不好了，尤其更不適合爬山，她竟然還專程回去換一雙高跟鞋，又加一件特大號的白色貂皮大衣來，真是炫富。

阿　肥：真是刻意。

小肥：有意。

阿　肥：蓄意。

小　肥：故意。

普　叔：肥阿姨搞什麼啊!

小胖叔：若為了遮身材，要嘛裹棉被不然就套紙箱來啊!她真是為反對而反對呢!

阿　肥：貂皮大衣耶!好殘忍喔!她好像屠夫喔!

普　普：好可怕喔!肥阿姨好壞喔!

肥阿姨蠻可怕的。一下子害北極熊

，一下子害貂

。

哈哈!她買貂皮大衣穿，不代表她就像屠夫啦!這程度上仍然差很多。

談老師與藍老師也覺得肥阿姨和秀秀都穿的不妥。

藍老師：請肥阿姨還是換回布鞋比較好穿，大衣和外套也可以先放回車上。

肥阿姨：我已經決定了，不要再勸我了。

第四篇

開始出發

出發

談老師：藍老師，看來我們得趕快去保健室準備摺疊擔架吧!以免有人走不動。

於是，老師們也辛苦地把擔架帶出來了。

這擔架這麼小，如果是肥阿姨，絕對沒辦法支撐的。

大家幾乎是異口同聲的說：

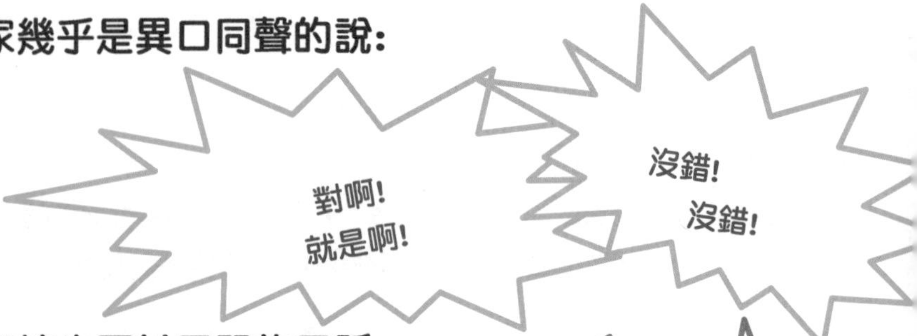

對啊!
就是啊!

沒錯!
沒錯!

肥阿姨也不甘示弱的回話。

嘿!我呸!

快快樂樂的出來玩，少給我烏鴉嘴了。

莫名其妙。

You shut up!

大家一起走呀走!走呀走的。肥阿姨既然不肯換成布鞋，懶得聽到大家批評她穿高跟鞋及加穿白色貂皮大衣的事情，就索性找秀秀一起先出發了。

普叔：大家還沒說開始出發，肥阿姨和秀秀竟然就自己率先出發，太不守規矩了。這真是

教歹囝仔大小，教壞小朋友，作出錯誤的示範。

阿肥：還走得特別快，把大家都丟在後面。一副想把我們的建議都拋諸腦後似的，自己搶先出發了。

後面男士們，有的已經要幫忙扛擔架，有的卻還要幫忙扛飲料、禮物、點心，真是辛苦。老師們怕有小朋友跟不上，所以都走在最後面。

（上圖人物由左至右依序為：藍老師，普叔，帥帥，小胖叔。）

阿肥：你看!肥阿姨一馬當先。

普　普：什麼一馬當先，她哪有那麼瘦，我看她是一豬當先呢!

小　肥：什麼一豬當先，我看她是一象當先!

小普：你看那肥阿姨走那麼快，整個就像個滾動的饅頭一樣。

阿　肥：我倒是看她比較像顆滾動的肉圓!

小　肥：哈哈!我們偷罵大人，不要被大人聽到了。

秀秀因為可以穿高跟鞋，覺得很開心，就趕快和肥阿姨走在一起，兩人還不時地邊走邊拍照。

秀秀：肥阿姨，妳看，我們可以穿高跟鞋，是不是更加顯得風姿綽約呢!

對啊!誰限定爬山就不能穿高跟鞋的。真是太輕視我們，太歧視女性了。女生要穿什麼是我們女生自己作主，他們還藉口一大堆。而且妳看，我這雙名牌限量典藏版的高跟鞋，不但鑲金包銀又有珍珠，而且還鑲鑽呢!難得有機會展現一下。

秀秀：哇!真的是太酷了!太漂亮了。肥阿姨真的是風姿綽約，光彩奪目。太漂亮了!我們一起走，順便一起多拍幾張。

肥阿姨：好啊!

沉魚落雁

「沉魚」典故：春秋末西施，魚兒

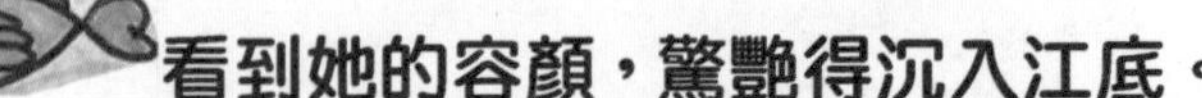
看到她的容顏，驚艷得沉入江底。

肥阿姨：那邊池塘有魚，我們去拍一張吧!

秀秀：好，把魚也拍進去。

喀擦!拍好了!

肥阿姨& 秀秀：啊!怎麼變成這樣!

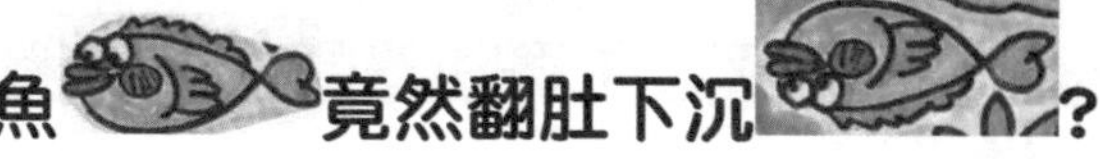

魚竟然翻肚下沉?

阿肥：那池塘的魚翻肚下沉?
去看看。

普普：原來是魚嚇到，摀著眼睛，
失去平衡而往下沉。牠們現在又慢慢恢復
正常了。

肥阿姨：一定是我們長得太美了。

阿肥 & 普普：噁!

「落雁」典故：西漢王昭君彈《出塞曲》，

大雁聽到曲調幽怨感傷，肝腸寸斷，掉落在地。

肥阿姨：天空有好多野雁喔!我們去拍一張吧!

秀秀：好，把野雁也拍進去。

喀擦!拍好了!

肥阿姨& 秀秀：啊!怎麼變成這樣!

阿肥：野雁竟然嚇到，摀著眼睛，失去平衡而掉落了。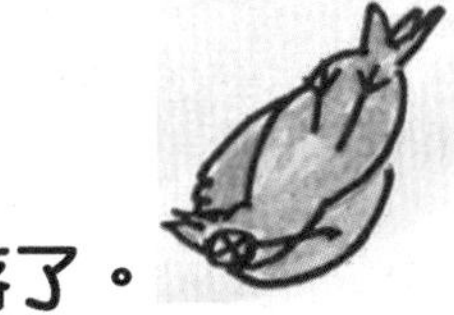

普普：表示她們兩位蠻驚人的。

肥阿姨：看吧!我們長得驚為天人。

秀　秀：對啊!而且還沉魚落雁呢!

肥阿姨：好美喔!

普叔：想得美啦!美得冒泡!

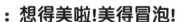

閉月羞花

「閉月」典故 - 東漢貂蟬，雲彩遮住月光，王允對人說貂蟬比月亮還漂亮。

肥阿姨：大白天竟然有看到月亮!對，我們去拍一張，把月亮也拍進去吧!

秀秀：好，站到那裡拍吧!那邊風景比較好。

喀擦!拍好了!

肥阿姨＆ 秀秀：啊!怎麼變成這樣!

阿肥：他們拍的月亮怎麼不見了?

普普：因為肥阿姨身形壯碩，把月亮擋住了。

肥阿姨：那邊有好多漂亮的花朵，我們去拍一張吧!

秀秀：對啊!這景觀好，鮮花配美人，絕對

好看。

喀擦!拍好了!

肥阿姨 & 秀秀：啊!怎麼變成這樣!

肥阿姨：這表示我們太美了，真是閉月羞花啊!

阿肥：才怪!她們踩含羞草，還觸摸到含羞草，難怪葉片都閉合了。

普普：不只。她們拍照時，摸的那朵花本來就枯萎受到折損了。

「羞花」典故 - 唐代楊貴妃，宮女說楊貴妃與花兒比美，花兒自知不如，都羞得低下了頭。

肥阿姨和秀秀一直沉醉在自己是沉魚落雁，閉月羞花的美女夢想中。

阿肥 & 普普：她們倆真是有夠自我感覺良好啊！

白天怎麼會有月亮☪

阿　肥：請問藍老師，白天怎麼會有月亮☪呢？

藍老師：因為月亮☪和太陽☼的距離很近，白

天就會看到月亮。

阿肥：月亮和太陽的距離會變？

藍老師：對。因為月球是繞著地球轉的，而地球又帶著月亮一起繞太陽轉，這樣月亮和太陽的位置就不斷地變化，所以月亮和太陽的距離會變。

普普：我有時候也會在白天看到月亮。

藍老師：你記得白天看到的月亮是圓圓的滿月？還是上弦月或下弦月呢？

普　普：從來沒有看過滿月圓，都只有看到上弦月或下弦月。

藍老師：那就對了。

阿肥：為什麼上弦月或下弦月出現時，表示月亮和太陽的距離近呢？

藍老師 ：來，我們先看這張圖。

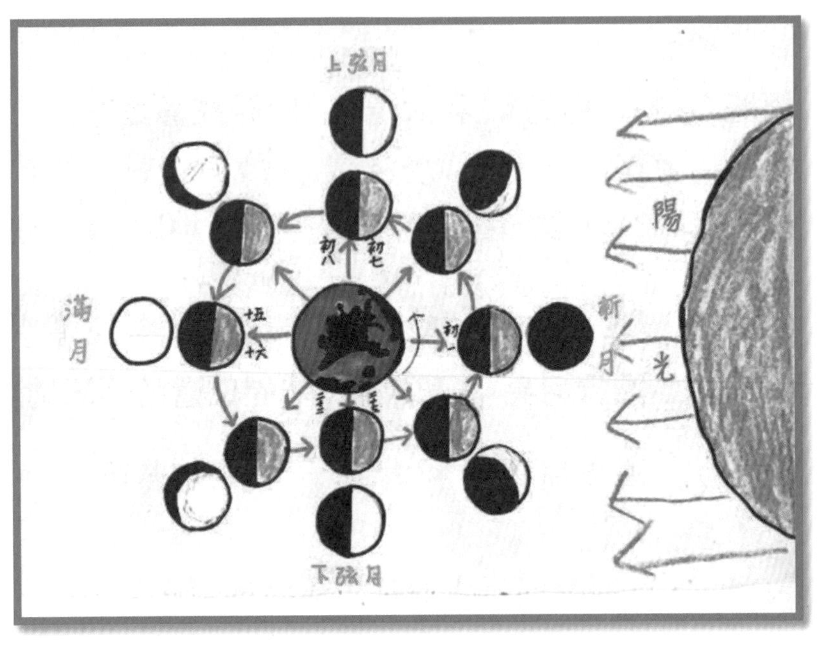

阿　肥 ：新月離太陽最近啊!

藍老師 ：因為新月離太陽最近，所以經過太陽的照射下，亮的在太陽的那一面，我們看不到，所以那天看不到月亮。

阿肥 ：對喔!那麼滿月的時候離太陽最遠?

藍老師：對。像這種情況，晚上會看到滿月○，

可以看到整個被太陽直射的月球。

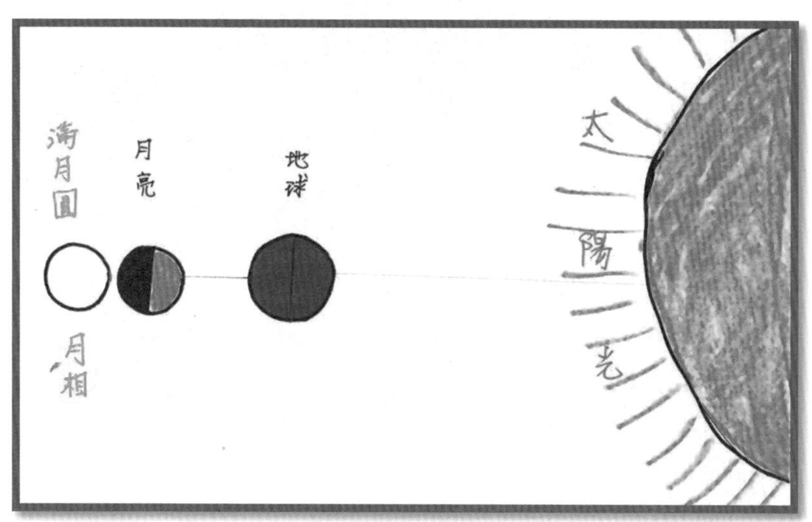

阿　肥：真的!原來是這樣啊!

靜電

接著大家陸續來到了大榕樹的景點，大家不由地在大樹下乘涼時，肥阿姨不知不覺地靠近了阿肥

與普普。剎那間，突然聽到劈一聲。

阿肥：啊！好痛啊！靜電！肥阿姨會電人。

肥阿姨：還好吧!那是什麼聲音?

普普：就劈一聲的，我就被電到了。好痛啊!

阿　肥：對啊!我也是。真是被嚇一大跳!

阿肥和普普還一直心神未定、心有餘悸地討論著剛才的情況。於是，阿肥普普趕快離開肥阿姨，這時肥阿姨突然快速地擠到普叔與小胖叔中間。突然，又聽到劈一聲。

小胖叔：啊!靜電!好痛啊!被電到。怎麼肥阿姨一靠過來我們就被電到?

普叔：我也是。好痛啊!肥阿姨帶電!

普普：肥阿姨暗藏捕蚊拍?

肥阿姨：亂說。

阿肥：肥阿姨像捕蚊燈一樣，一碰到就會被電到。

肥阿姨：太離譜了。

阿肥：你看!肥阿姨身上有一隻死蚊子。

肥阿姨：山上蒼蠅蚊子本來就比較多。別亂說是我電的。

肥阿姨穿毛料的容易靜電，我也被肥阿姨電到。好痛喔!真是亂電人。

小胖叔：啊!好痛啊!不要過來!肥阿姨帶電，四處亂放電。我也被電到了。保持距離。

菲菲菲三姊妹趕快過來，三個一靠近肥阿姨，馬上聽到三位大叫 ：啊!啊!啊!

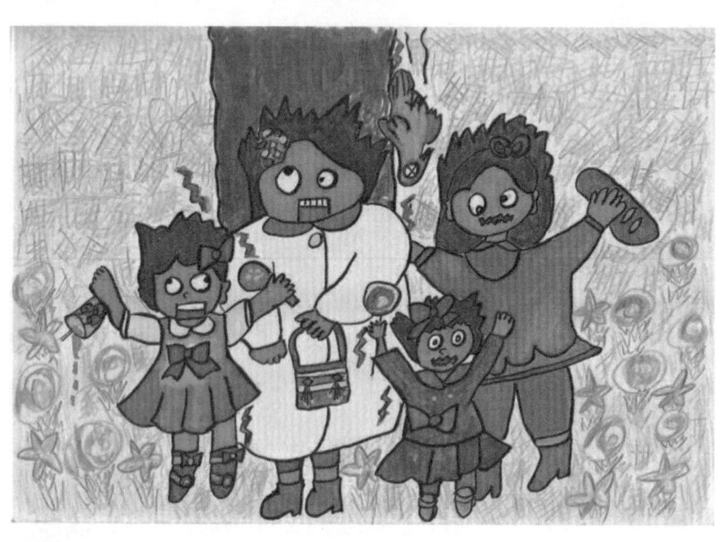

阿菲 ：好痛啊!

菲菲 ：不要電我!

小菲 ：好痛啊!

阿肥 ：肥阿姨穿毛料容易靜電，也電到

她們了。

肥阿姨：我沒有要電你們，是你們自己跑過來要碰我的。

於是，菲菲菲三姊妹開始小心注意，並和肥阿姨保持距離。

我喜歡 & 我高興

肥阿姨對秀秀說：大家都嫌我靜電。算了!我們兩個再先走好了，不要和他們一直在這棵大樹下。

秀　秀：好啊!而且他們一直對我們管來管去的、嫌來嫌去的，我們再繼續先走好了。

帥帥看秀秀和肥阿姨走那麼快，大喊：

秀秀，妳怎麼走那麼快!要跟好啊!

秀秀回頭說：這是我的自由。我高興。

普叔、小胖叔、談老師、藍老師他們都在最後面邊走邊批評秀秀和肥阿姨。她們還故意回頭說，

秀　秀：我高興。

肥阿姨：我喜歡。

於是越走越快。

小胖叔：不可以這樣就說我高興或我喜歡，這是不講理又很不負責任的說法。

普叔：對啊!太不理性了。做人做事怎麼可以這樣純粹以我高興或我喜歡為出發點，不在乎他人的眼光，我行我素的，為所欲為，隨心所欲，這種人太自我也太自私，本位主義太重。

阿菲：可是說我喜歡和我高興，是她們私人的事情，也沒礙到我們啊!

普　叔：可多了!罄竹難書。

小胖叔：聽起來也顯得蠻霸道的。

秀秀和肥阿姨在前面聽到了，又故意回頭大聲說。

秀　秀：我高興。

肥阿姨：我喜歡。

又頭也不回地越走越快了。

普叔：真是蠻橫無理，私心重。

第五篇

邊走邊聊

要考慮小朋友的感受

小胖叔：肥阿姨這樣就把菲菲菲三姊妹丟在後面，當阿姨的自己竟然頭也不回的先走。

普叔：這真是給小朋友不好的示範。

這時，小菲聽到了突然哇哇大哭了起來。

小　菲：嗚~ 肥阿姨不要我們了。

談老師：沒有啦!肥阿姨只是先走而已，她沒有不要妳們。我們等一下就可以上去找肥阿姨了，好不好啊?

普叔：小菲怎麼了?

阿菲：剛才小胖叔說肥阿姨把我們丟在後面，她以為肥阿姨真的不要我們了，顯得我們三個很可憐，像被遺棄的樣子。

菲菲：小菲，不要跑啊!小菲!

小菲：我要去找肥阿姨。

談老師：小菲我們不要跑，我們一下子就可以到肥阿姨那裏了。

小胖叔：啊!真抱歉。不至於這麼悲情啦!小朋友不要太敏感。肥阿姨不可能不要妳們的。她只是先出發而已。不要哭喔!

普　叔：要考慮到小朋友的感受，以免小朋友誤會。

活動建議

普　叔：建議如果以後再辦像這樣的爬山活動，

應該要寫一些限制。

爬山限制 ☒

1.體力不夠的人不適合；

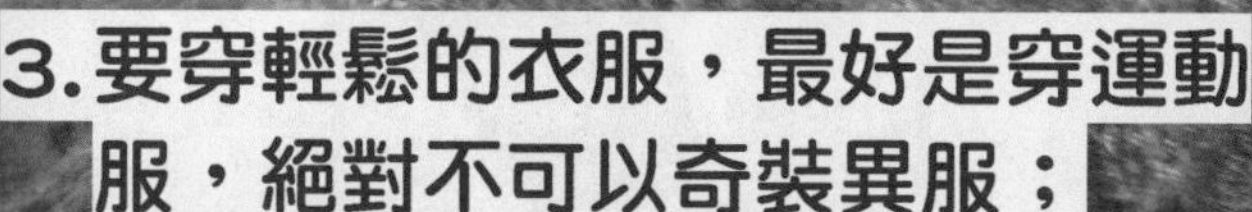

2.不可以穿高跟鞋，都要穿布鞋；

3.要穿輕鬆的衣服，最好是穿運動服，絕對不可以奇裝異服；

4.幾點幾分開始集體出發，不可以單獨自己說出發就出發；

5.要自己先領飲料與點心，還要簽到…等等。

談老師：對。普叔所言甚是。謝謝普叔提供這麼好的建議。這是我們以後要注意的地方。當時只想說人數少，大家說一說就好。

藍老師：沒想到有這麼多的萬一。

談老師：有這次的經驗，我們以後會把這些也列進去安排。

普叔：還有，戴手錶、眼鏡、帽子可以，耳環、項鍊、鼻環、腳環、丫環等等都是多餘的。爬山就要穿戴輕鬆。

普普：鼻環?腳環?還丫環?什麼時代了。太扯了!
沒有人會戴鼻環、腳環、丫環的啦!

普　叔：這只是舉例而已。

小胖叔：普叔說的沒錯，像我就真的曾經遇過戴腳環的人。有一次，我和我以前的同學們出遊，有人帶印度的同事一塊出來探訪名勝古蹟，那位印度女子真的就是戴腳環。

普　普：哇。不可思議。
小胖叔：印度人會這樣戴這些飾品是因為他們很重視飾品，而且認為有他的意義在。

ㄚ環的話，我看別組有些小朋友把事情都丟給大人，小朋友自己就像個媽寶一樣，甚麼都不會做。老師問的問題都不懂，一副要父母夾在中間當翻譯；老師說要拿什麼東西，小朋友卻都不動，變成是父母的事情，要夾在中間幫忙拿。平常書包要父母幫忙揹，自己都兩手空空，根本就是把父母當ㄚ環。

小胖叔：沒錯。我看很多這樣的小朋友，直昇機家長的行為也簡直就像ㄚ環一樣。

普叔：所以這些例子也有可能發生。先把一些情況擬出來，以免發生時措手不及!這就是先作好規劃。

談老師：真不好意思。我們下次會先作好規劃的。

普　叔：談老師，真抱歉。我們只是喜歡事後討論。其實立場不一樣，換作是我們，有可能做的更差。請千萬不要介意。

藍老師：真的謝謝大家提供意見。這樣才有改進的空間，下次才會進步。

談老師：對呀!請不吝指教。

當兩隻瘋狗在吠

肥阿姨爬得雖快，後面陸陸續續有小朋友超越了。

秀秀：真過份!她們一直在後面講我們的壞話。

那些傢伙，聲音難聽又愛說話，譁眾取寵，還喋喋不休的，根本就吐不出什麼象牙來。一個叫我裹棉被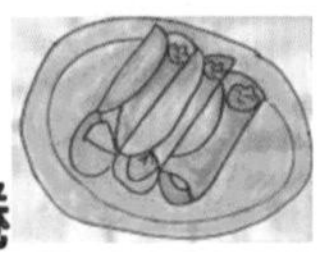，看是把我當春捲

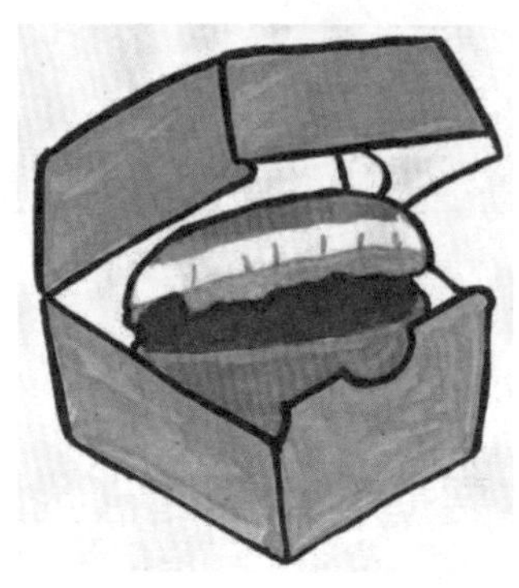

還是掛包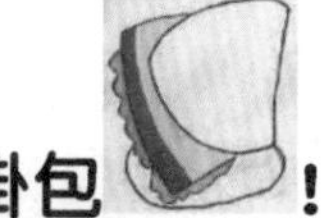！一個叫我套紙箱，根本就把我當紙盒裡的漢堡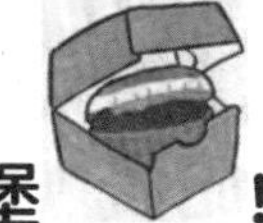！

真的太可惡了!他們自己一個王哥，一個柳哥的，也沒有好到哪裡，怎麼可以把妳當成掛包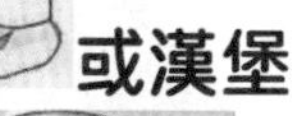或漢堡的，還有春捲。而且比薩也是在紙盒裡的。

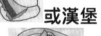

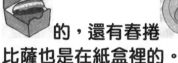

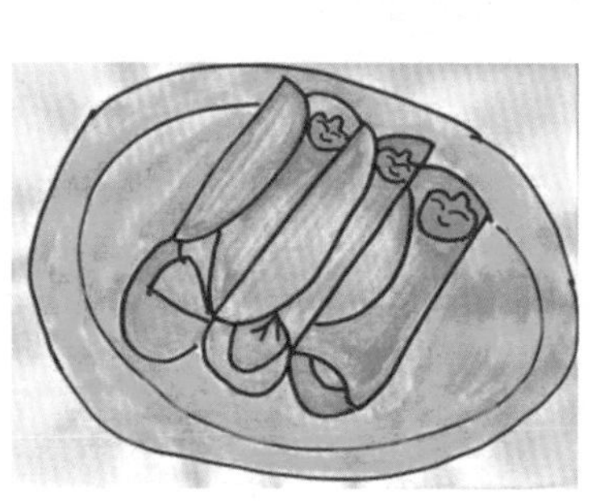

肥阿姨：對!還有比薩。真是太過份!太過份了!

秀　秀：不要理他們。

肥阿姨：沒錯，他們都是原本要追我，反而被我淘汰吃鱉，所以就懷恨不滿。

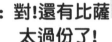

秀秀：小心眼，挾怨報復。原來還有這一段。

肥阿姨：因為他們跟我相親初審就被我刷掉了。

秀秀：難怪他們一直在後面講我們的壞話，原來是針對肥阿姨而公報私仇。

肥阿姨：不必在乎。把他們當兩隻瘋狗在吠就好了。

秀　秀：哈哈哈哈!

好累喔!

過一會兒，

肥阿姨：好累喔!

秀秀：對呀!爬山真難爬。還不如辦個室內餐敘和摸彩活動就好了。

肥阿姨：哎呀!腳好痠啊!我的腳快受不了了。

秀　秀：我也是。

肥阿姨：哎~ 要冷氣~我中暑了。

秀　秀：又熱又陡的。

肥阿姨：阿肥、普普他們衝到前面去了。

秀秀：沒關係，反正其他人都在後面。

阿　肥：好喘喔!

普普：我常爬，所以現在比較不會這麼喘了。剛開始爬確實都會比較容易喘。

阿　肥：對喔!因為爬山對呼吸系統有幫助。

普　普：這樣喘其實會加強心肺功能。

阿肥：也對。我是想說要來看看遠處和綠色的，改善視力。

普　普：有需要。

阿肥亂丟香蕉皮

普普：阿肥，趕快爬上來吧!

阿肥：哎呀!肚子餓了。

普　普：你剛剛才吃一顆飯糰。

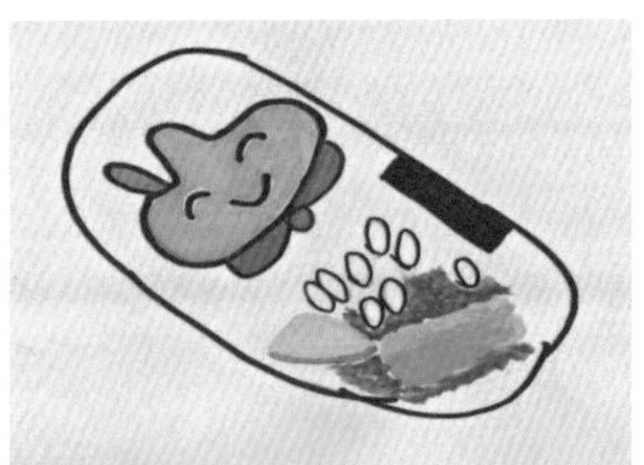

阿　肥：沒辦法，我只要一運動就容易餓。不然我先吃根香蕉好了。

普普：要不要坐下來吃?

阿肥：啊~ Yummy! Yummy! 邊走邊吃就好了。

普　普：哇!你真是快速，才說要吃香蕉，馬上就吃完了。喂!香蕉皮竟然隨便就往後亂丟。差勁喔!你!

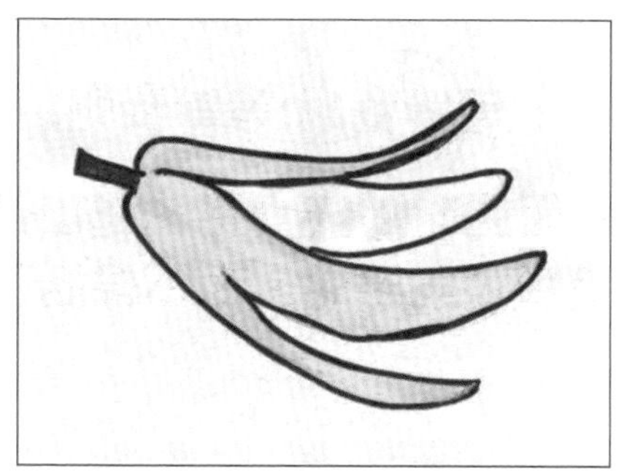

阿　肥：小聲一點啦!反正我沒帶垃圾袋，這裡又沒有垃圾桶，哪知手一滑，香蕉皮就掉到後面了。

普　普：你亂丟，去撿回來包好，再丟到垃圾桶!

阿　肥：哎呀!算了啦!

不要用跑的

小肥、小普快從後面趕上來了。突然，

阿　肥：誰給我偷搔癢?是小肥!

小　肥：哈哈哈!哥哥、哥哥，來抓我啊!我們用跑的，看誰比較快。

阿肥：等等我啊!等等我啊!

小胖叔：前面的叫那麼大聲。爬山偷搔癢、還奔跑，這樣很危險的。太不像話了。

藍老師：對。這是要禁止的行為。如果跌倒或滾下來真的是不堪設想。

掉到地上的香蕉皮，陸續被小肥、小普跨過、越過、碰觸到後，仍舊依然故我的掉在地上。

阿　肥：趕上了，我們贏了。

小　肥：我和小普因為想喝水，所以要走回去找小胖叔。

小普：口渴去喝水，不算輸。

肥阿姨：小肥、小普怎麼上上下下衝來衝去的。

秀秀：對呀!吃飽太閒啊!?

小肥、小普又跨過了依然故我的香蕉皮，去找小胖叔了。

小胖叔：下山不要用跑的。不然容易傷到膝蓋。

小　肥：小胖叔，我的水都喝完了，可不可以喝礦泉水?

小胖叔：好啊!大家如果想喝水，可以來拿。大家休息一下吧!

普叔：大家盡量來拿啊!這樣我們就可以輕鬆不少，不必扛那麼重。

小　菲：我也要喝水。

普　叔：好。

小　菲：啊!踩到藍老師的鞋帶了。

藍老師：沒關係。你的鞋扣也掉了，先蹲下來扣好吧!不然被踩到或鞋子鬆掉的話危險喔!

喘喘的不能喝水、不能坐下、更不能喝冰飲料

談老師：大家可以先站著休息一下!不要馬上喝水，也不要馬上坐下來，等不喘後再喝水。

阿菲：好喘喔!我的保溫瓶裡有冰水，我等一下一定要喝個冰水。

談老師：千萬不要，這樣會有致命的危險。

阿菲：致命?太可怕了。

談老師

我再呼籲一下!請大家千萬千萬要記得，喘喘不能喝水、也不能坐下，更不能喝冰飲料。

阿菲：這麼可怕!?

真的。還喘吁吁的，千萬不要馬上就喝冰水。藍老師以前當兵的時候，有同梯的馬上喝冰水，結果當場死亡。

藍老師

阿　菲：天哪!這樣真的太可怕了!

藍老師：對。這是真的，類似的例子，新聞也都有報導過。

冰水會使胃腸嚴重的降溫，誘發胃痙攣、氣喘等；還會刺激呼吸及消化系統，腦血管突然收縮，會導致頭痛。如果喝溫水就沒有這個問題。

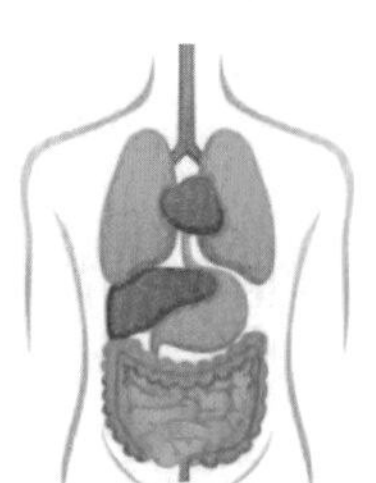

運動後不能猛灌水

阿肥：藍老師，我不喘了，我的是溫水。我帶 1,000cc 的。好重喔!我要先喝了!

連溫水也不能喝多，最好不要超過 300cc，否則會使胃擴張、血壓上升。運動後不能猛灌水，就有人運動後猛灌太多水，心臟病發猝死。

阿肥：哇!運動完連多喝水也不行。這麼嚴重。

藍老師：在劇烈運動之後，最好是緩和 3 分鐘，讓血壓下降、心跳和緩後再喝。

早上不可以吃冰的

普普：難怪普隆公**時常叮嚀我們，喘喘**

的不能喝水，而且不能喝多、喘喘的不能馬上坐下來。還說早上不可以吃冰的，也不可以喝冰的，要喝溫的。

對，普隆公說的沒錯。不論是不是運動後，平常喝冰水或冰的飲料，都一樣非常傷害身體。因為我們的五臟六腑都是溫熱的，水一喝到體內，要維持到人體的溫度也需要加熱的動作。如果是冰涼的,身體光要進行加熱的動作，就又增加了身體的負擔。所以要減少身體的負擔，就不要喝冰冷的。

普叔：對啊!連學校老師們都這樣說了。

談老師：家有一老，如有一寶。老祖宗所傳承的智慧是有跡可循的。所以要多聽老人的話。

藍老師：不要不聽老人言，吃虧在眼前。

大　家：哈哈哈!

在階梯坐下

阿肥：我好餓喔!再吃一根香蕉好了。

談老師：好了，大家已經不喘了。可以坐下來喝水或吃東西。這邊有階梯，大家可以坐下來休息一下!

藍老師：我們要感謝普叔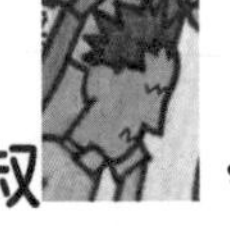，小胖叔與帥帥幫大家拿這麼多東西。

藍老師：其實這些飲料和點心原本一開始就要發的，但是大家竟然都還沒說出發就開

始走了，所以才會有的人有拿到，有的人還沒拿到。不然的話，要我們幾個人把這幾箱扛到山上未免也太辛苦了。

美美：老師，還有剩。

談老師：剩下肥阿姨的就請阿菲幫忙拿，秀秀的就請美美幫忙吧!

美　美：是。

普叔：建議以後如果遇到像這種情況，沒拿的就不必幫他們拿了。把這些再放回車上就好了。誰叫他們自己要脫隊。

藍老師：謝謝普叔的建議。這個方法不錯，對大家也公平。

第六篇

香蕉皮效應

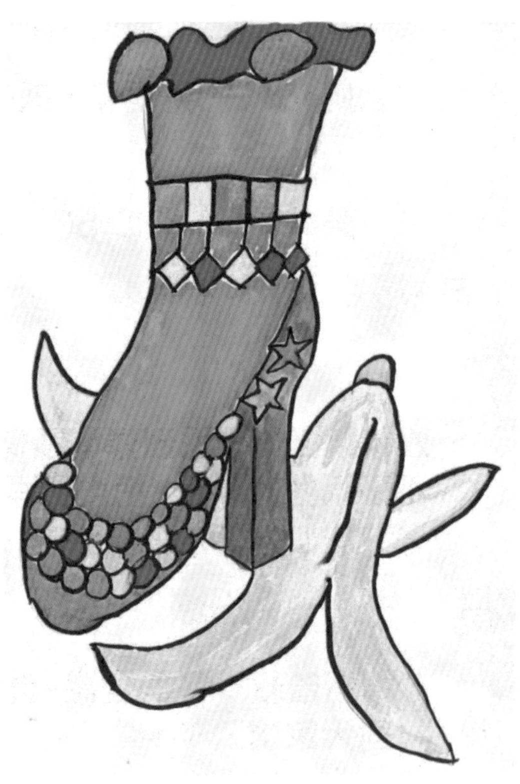

肥阿姨發現香蕉皮

肥阿姨：我好累，累死我了。吼~前面是誰這麼低級，竟然亂丟香蕉皮。如果有人滑倒要怎麼辦。是誰丟的?趕快過來撿。

秀秀：應該是阿肥。剛才我有看到阿肥在轉角附近吃香蕉。阿肥真是太差勁了。現在他們都坐在轉角那邊休息了。

打雷下雨、肥阿姨滑倒

肥阿姨：怎麼有雨滴?好像快下雨了。

秀秀：對耶!怎麼山上都比較容易下雨?

肥阿姨回頭看一下，說：又沒有雨了。
大家都在階梯那裏坐著，我們也走回去那裏坐一下好了。我腳超酸的。

這時，突然天際間閃出一道光芒，緊接著聽到轟轟一聲，打雷了。

秀　秀：哎呀!下雨了，怎麼突然下雨了。我頭髮上的捲子全都直了。

這時，變得天雨路滑了。肥阿姨也因為穿得太膨，導致自己都看不到自己腳下的東西了，更何況是香蕉

皮，於是就剛好踩下去滑倒了。

肥阿姨大叫一聲：啊!

在最後面的藍老師猛然抬頭一看，突然大叫：

啊!有落石?有大雪球?大家快散啊!

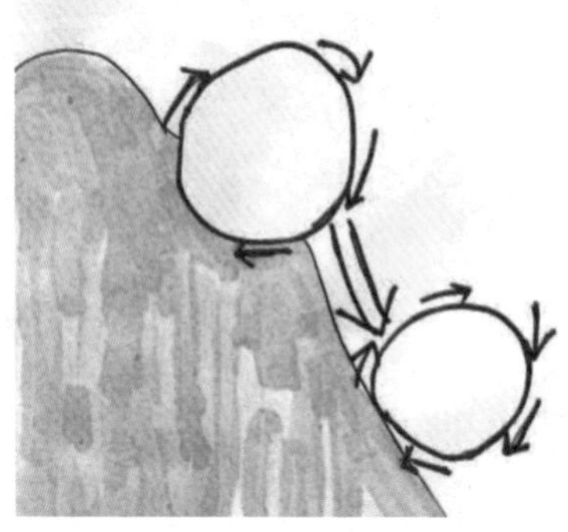

落石?大雪球?原來是藍老師看錯了。根本沒有落石或

大雪球，而是肥阿姨身穿白色貂皮大衣滑倒了。

肥阿姨太重了，壓到了秀秀後，竟還從山上滾了下來，在重力加速度的情況下，不但壓到菲菲菲三姊妹和美美、小美，還加速滾動著。

於是又壓到了小肥、小普、小胖叔、

普叔、帥帥，而藍老師和談老師

因為閃躲不及，也被肥阿姨壓倒了。

美美：秀秀姐，你臉上的妝都花掉了。

肥阿姨：啊!我的貂皮大衣都濕了。

普叔：哇!才一打雷馬上就下大雨了。已經屋漏偏逢連夜雨，船遲又遇打頭風了，還被泰山壓頂。哎呀!好重啊!

真希望這場雨快點停，快點停啊!

※屋漏偏逢連夜雨

※船遲又遇打頭風

※泰山壓頂

小胖叔：怎麼才剛剛看到閃電而以，一切馬上就豬羊變色。我的身上也被熊掌壓住了。雨下的愈來愈大了。

普叔：這是什麼萬巒豬腳，還是金華火腿啊?!壓在我的身上，害我都爬不起來了

帥帥：我的臉竟被賞了一巴掌，這到底是哪個惡劣的傢伙?

普叔：你的臉上還有爪印，紅紅的又黏答答的。

帥帥：好痛喔!到底是誰打我?

普叔：這指甲應該蠻長的，不然怎麼會有爪印。看是誰的指甲長，手掌又紅又痛？

藍老師：我和談老師也慘遭重壓，我們都被壓在最下面，變成疊羅漢的墊底了，最上面的要先爬起來啊！

談老師：誰在最上面？

普叔：肥阿姨，還有誰壓在妳上面？

肥阿姨：沒有。

普叔：那妳就趕快起來啊!

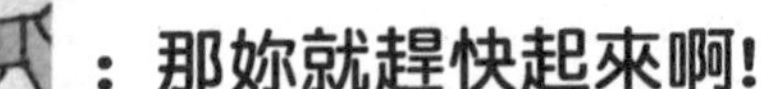

肥阿姨：不行啦!我爬不起來啦!

這時，此起彼落地叫聲連連，喊著好痛、好重，抱怨肥阿姨還不起來。

絆到雜草和樹枝

肥阿姨：問題是我一隻腳絆到雜草，又被樹枝

夾住了，而且腰酸背痛，根本就無法動彈啊!

藍老師：肥阿姨，妳先撥開樹枝吧!

肥阿姨：樹枝在腳那邊，手摸不到。

普　叔：那妳坐起來總可以吧!

肥阿姨：坐不起來。滿地泥濘的，手還要撐著地上也很噁心。早知道就戴手套來。

普叔：看來妳平常要多練仰臥起坐才行。

肥阿姨：仰臥起坐我連一下都坐不起來，不必叫我坐起來。

普　叔：原來要叫妳坐起來算是一種奢望。

小胖叔：肥阿姨妳嘛幫幫忙!妳這樣四平八穩的躺在大家身上，像個三角形△的埃及金字塔一樣。

肥阿姨：什麼埃及金字塔?我還埃及豔后哩!

小胖叔：妳說妳不是埃及金字塔，就趕快起來啊!我們大家都被妳壓的喘不過氣來了。

藍老師：肥阿姨，妳慢慢移動一下吧!至少讓我們可以鑽出來。

大 家：啊~啊~ 好重啊!

普叔：肥阿姨把我們當彈簧床，晃來晃去的。啊!好重啊!

肥阿姨：小胖叔口臭好嚴重，你不要面對我。

小胖叔：臉轉到一邊，才不會看到妳的臉。

肥阿姨：你連呼吸都很臭。

小胖叔：妳自己也是好嗎!

肥阿姨：轉過去那邊又看到普叔鬍子不刮的。

普叔：妳先刮一刮你自己身上的痧吧!妳穿這麼多鐵定中暑了。

肥阿姨：你才先去刮一刮你自己臉上的鬍子吧!

秀秀：天哪!我感冒了！好冷喔!哈啾哈啾、哈啾…

肥阿姨：我也感冒了！哈啾…

普叔：肥阿姨穿這麼多還會打噴嚏。

肥阿姨：雨也會淋到頭好嗎。

只有阿肥和普普沒被壓到

阿肥：小肥也在裡面。哈哈!趁這個機會要換我給他偷偷搔癢一下才對。

藍老師：阿肥!爬山禁止偷搔癢和奔跑，這是很危險的。

小胖叔：對啊!如果跌倒或滾下去怎麼辦。更何況天雨路滑，大家已經被壓得動彈不得了，要趕快幫我們才行。怎麼還想玩呢?真是幸災樂禍的心態。

阿　肥：我開玩笑的啦!我來幫你們拉。

阿肥普普合力拉肥阿姨

肥阿姨：先拉我吧!

阿肥：肥阿姨，我們兩個一起拉妳的手。

普普：手再伸出來一點。

阿肥、普普：嘿喲嘿喲 嘿喲嘿喲 拔蘿蔔 拔蘿蔔 嘿喲嘿喲拔蘿蔔 嘿喲嘿喲拔不動 老太婆快快來 快來幫我們拔蘿蔔 嘿喲嘿喲嘿喲嘿 ……

肥阿姨：You all shut up! 我的腳絆住了，要先解決腳的問題。你們兩個奶油桂花手的，還唱什麼拔蘿蔔。

阿肥：肥阿姨，可是那枯樹在斜坡那一邊，我們根本無法過去撥開，而且還要有器具。

小胖叔：不然你們去撿樹枝或樹幹，看可不可以把肥阿姨腳上的枯樹撥開看看。

阿肥：撿到了。用這根好了。

阿肥撥樹枝撥不成，還打到肥阿姨的腿。

肥阿姨：好痛啊!你不要藉機一直用樹枝抽打我。你這樣是雪上加霜，越幫越忙，害我一直挨打。

小美：對啊!連我都被打到。亂打!

小胖叔：阿肥!要用撥的，不要隨便殃及無辜。

阿　肥：啊!對不起。

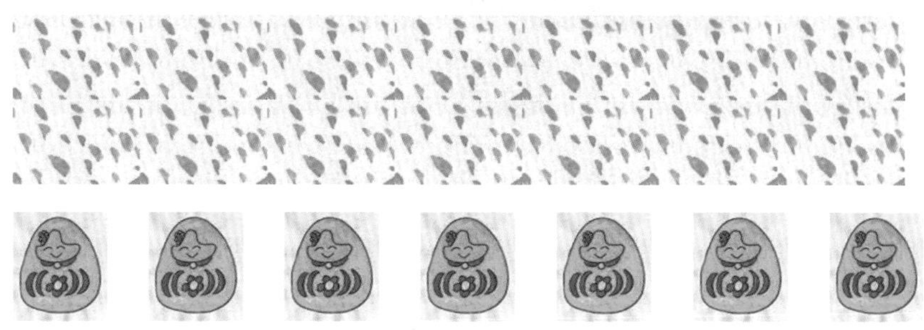

第七篇

119 救難

撥打 119

普叔：好多了!我的手終於可以動了。我打  119 叫救護車。

肥阿姨：112 啦!

普　叔：不需要。來亂的啊?!在國內打  119 就好了。119 是消防局，112 是行動電話的 112 緊急救難專線。112 撥通之後，按來按去的，最後還是要他幫你轉接 119 消防局，算是多此一舉。直接打  119 就好了。

普　叔：喂!119 喔!這裡是哈哈山的半山腰，我們有 10 幾個人都跌倒爬不起來，還被一位身形極為肥胖的山友壓住。這位壓住大家的山友，她的其中一隻腳絆到雜草和樹枝，而且全身痠痛，所以無法動彈。

１１９：馬上出發。

普叔：他們一下子就會到了。

藍老師：太好了。謝謝普叔，還好有普叔幫忙聯絡。

普　叔：補充建議，以後辦登山活動要註明要帶雨具。

小胖叔：夠了。補充不完的，趕快把大家拉出

來比較重要。

不久就聽到119的消防車發出喔~依~喔~依~的聲音。救護員在車上對話著。

救護員安泰：怎麼才剛閃電雷鳴，馬上山上就需要搶救了。

救護員安德：上面那大隻白色毛毛的是什麼動物?

救護員安泰：

北極熊嗎?

救護員安德：不可能。

救護員安泰：

難不成是山豬?

救護員安德:

長那樣更不像。可能是學校辦活動帶來的大型充氣玩偶或大的不倒翁吧!

救護員安泰：

看起來像是帶玩偶來山上辦疊羅漢!?

救護員安德：等一下就知道了。

救護員們下車了。

普叔：我們在這裡。

肥阿姨：哎呀~好痛！好痛啊！

雨衣

秀秀：他們身上都有穿著雨衣，真羨慕。

救護員安德：先將他們一一拉出來。另一台消防車也來了。拉出來的人就趕快穿上雨衣，先在旁邊坐著，休息一下。

所有的人都被扶起來了，只有肥阿姨還沒起來，因為她的腳被枯樹絆住了。救護員們把枯樹撥開，也把砂土及雜草撥開，雜草剪掉，肥阿姨這隻腳終於可以放下來了。

救護員安泰 驚嘆地幫忙把肥阿姨這隻腳扶下來，
還說：Oh, this is very heavy.
（喔!這麼重!）

肥阿姨：Geez!（（表示驚奇、憤怒等）哎呀！）
What are you talking about?
(你在說甚麼?!)

救護員安德：我們兩位先一起將您扶起來。

救護員安泰：喔!天哪!完全沒辦法。

救護員安德：先把身上這件貂皮大衣
脫下來看看，這件衣服太大件，又整件都淋溼膨脹，也增加了不少重量。

肥阿姨：脫不掉，整個遇到水，裡面的衣服也全濕了，都膨脹無法脫。

救護員安德：慢慢脫吧!放輕鬆。

肥阿姨：哎呀!我的高跟鞋都掉了。

救護員安德：肥阿姨請放輕鬆，看來我們倆人用擔架也無法扛妳下山，我們先去連絡安排直升機救援。馬上過來。

肥阿姨：我也需要雨衣。

救護員安泰：沒有適合肥阿姨的尺寸。

突然，安泰靈機一動。

救護員安泰：肥阿姨請披上這件。

肥阿姨：這披巾的大小看起來很合適，這是甚麼?

救護員安泰：救護車的防水車罩。

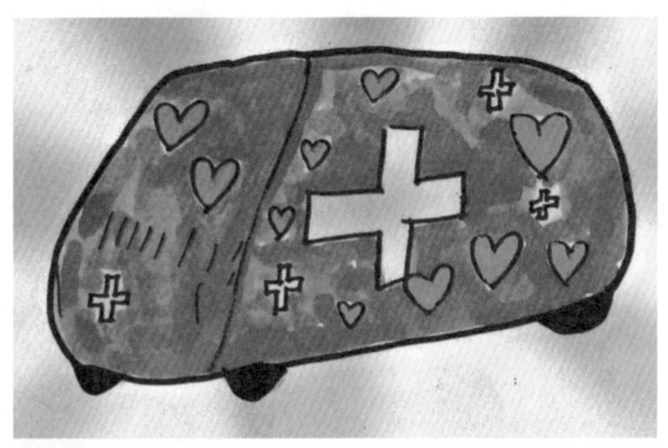

肥阿姨：什麼?太潦草了。連個雨衣都沒準備，真是太不周到了。

救護員安泰：我們所有尺寸都有，但對妳而言都太小件。

肥阿姨：哼!太可惡了!我不穿。

救護員安德：雨很大，請趕快披上吧!

肥阿姨：好吧!雨確實太大了。

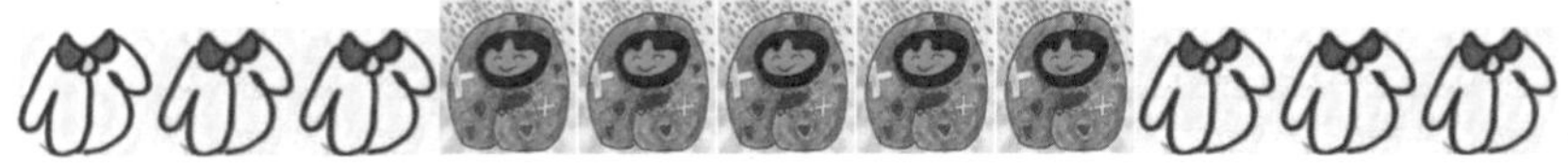

安排直升機

救護員安德：呼叫安順，我是安德。請幫我安排一輛直升機，需要緊急救援。

救護員安順：真的？發生什麼事情了？

救護員安德：這裡有山友，半噸女超人。我們真的無法扛下山，而且她原本還壓住10多位山友。

救護員安順：了解。我會率安康等人馬上到達。

救護員安德：等一下，請務必再安排更多同仁投入救援。

救護員安順：了解。半噸女超人。

救護員安德：對。

救護員安德又回到現場。

救護員安德：趕快先把小肥、小普、小美送上擔架扛下山。

肥阿姨：什麼，竟然柿子挑軟的吃，沒有先扛我下山。

救護員安德：肥阿姨屬於重量級的人物，VIP，稍後我們會用直升機將您送下山。

肥阿姨：這還差不多。

謠傳有山豬

過不久，消防車載來了很多位救難人員。直升機

也來了。

救護員安德：你們把直升機停好，大家合力把肥阿姨扶上直升機。

救護員安康：山豬呢？不是有隻百噸大山豬？

肥阿姨：說什麼?我告你喔!

救護員安康：沒有啦!我只是以為你們是受到山上的山豬攻擊。原來是一場誤會。

救護員安德：你們不要道聽塗說。真是穿鑿附會，郢書燕說的。

救護員安康：終於把她送上直升機。現在雨總算也停了，真是鬆了一口氣。

1 噸 = 1,000 公斤

救護員安德：安康，你也太離譜了。
山豬如果百噸是很嚇人的。
1 噸是多少公斤?是 1,000 公斤。
百噸是多少公斤?

救護員安康：那就…100,000 公斤。

救護員安德：對啊!太扯了。

國家圖書館出版品預行編目(CIP)資料

阿肥普普 肥阿姨爬山趣 / 小林鈺作. -- 初版. -- 臺中市 : 鑫富樂文教, 2017.10
面 ; 公分
ISBN 978-986-93065-4-6(平裝)

859.6 106015753

肥阿姨爬山趣

作者與繪者 : 小林鈺
編輯審訂：鑫富樂文教事業有限公司編輯部
美術設計：楊易達

發行人：廖紫纓
出版發行：鑫富樂文教事業有限公司
地址：台中市南區南陽街 77 號 1 樓
電話： (04)2260-9293
傳真： (04)2260-7762
總經銷：紅螞蟻圖書有限公司
地址：114 台北市內湖區舊宗路二段 121 巷 19 號
電話： (02)2795-3656
傳真： (02)2795-4100

2017 年 10 月 2 日 初版一刷
定 價◎新台幣 250 元

ISBN 978-986-93065-4-6
公司網站：www.happybookp.com
回饋意見：joycelin@happybookp.com